宇宙在你眼中

一场微观世界的旅行

〔美〕陈振盼 / 著

石若琳 / 译

孙翔 / 审订

南京大学出版社

献给科林、哈莉和安德鲁。

江苏省版权局著作权合同登记　图字：10-2024-238号

图书在版编目（CIP）数据
宇宙在你眼中：一场微观世界的旅行 / （美）陈振
盼著；石若琳译. -- 南京：南京大学出版社，2024.
10.（2025.5 重印）-- ISBN 978-7-305-28297-3
Ⅰ . Ⅰ712.85
中国国家版本馆 CIP 数据核字第 2024JH6984 号

出版发行　南京大学出版社
社　　址　南京市汉口路22号　邮编 210093
项目人　石磊
策　划　刘红颖
项目统筹　筑桥童书
YUZHOU ZAI NI YAN ZHONG：YI CHANG WEIGUAN SHIJIE DE LÜXING
书　名　宇宙在你眼中：一场微观世界的旅行
著　者　[美]陈振盼
译　者　石若琳
审　订　孙翔
责任编辑　张珂
特约策划　孙铮韵
装帧设计　浦江悦

印　刷　鹤山雅图仕印刷有限公司
开　本　787mm×1092mm　1/12开　印　张 4　字　数 40千
版　次　2024年10月第1版　　印　次　2025年5月第3次印刷
ISBN 978-7-305-28297-3
定　价　79.00元

网　　址　http://www.njupco.com
官方微博　http://weibo.com/njupco
官方微信号：njupress
销售咨询热线：（025）83594756

星蜂鸟是美国最小的鸟，从喙尖到尾端只有 8 厘米长，它小到可以……

……落在你的手指上。

可是，和最小的蝴蝶相比，星蜂鸟已经算是庞然大物了。这只白缘褐小灰蝶的翅展只有 1.2 厘米，比一枚人民币一元硬币还要小。可是，和它相比，更小的还有……

4

……世界上最小的蜂类，微小珀地蜂[*]。

这种蜂的体长还不到 2 毫米，大约是白缘褐小灰蝶体长的四分之一，和一枚人民币一元硬币的厚度差不多。可是，和它相比，更小的还有……

厘米与毫米
1 厘米 = 10 毫米

厘米 ▬▬
毫米 ▪

---

* 这种蜂的学名是拉丁文 *Perdita minima*，它属于地花蜂科，因为还没有通用的中文名，此处根据物种命名规范暂拟译名。

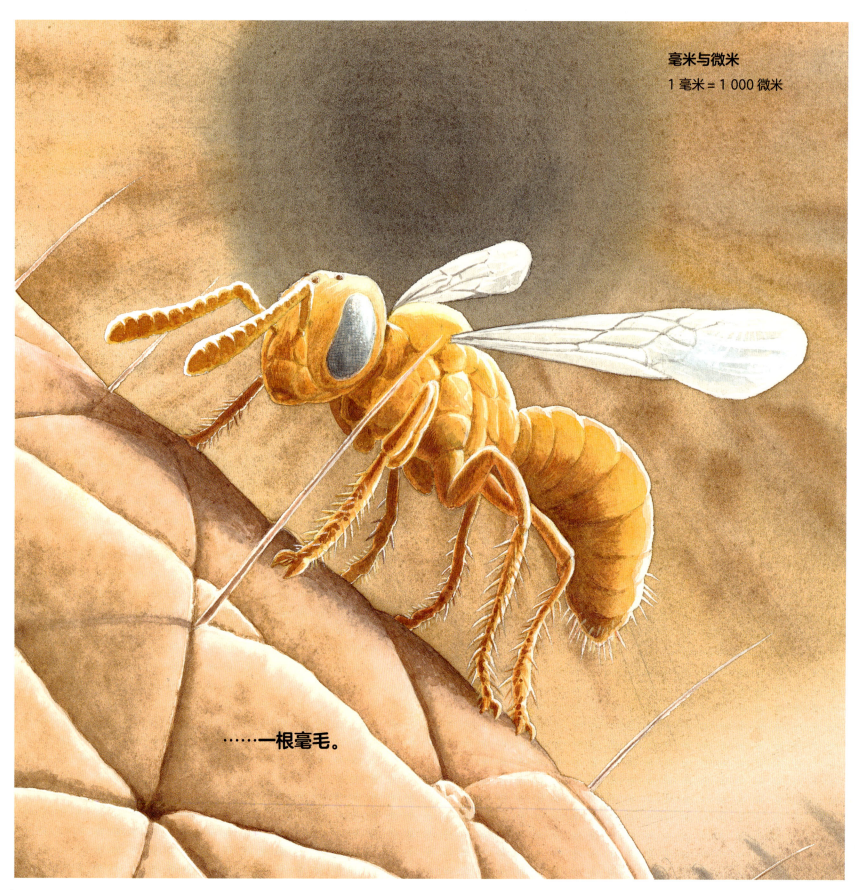

毫米与微米
1 毫米 = 1 000 微米

……一根毫毛。

每个人都是毛茸茸的

一个成年人大约有 500 万根毛发，覆盖着身体的几乎所有部位。其中绝大部分都是细小的毫毛，肉眼几乎看不到。

你身上最细小的毛发叫作毫毛。一根毫毛的直径不超过 30 微米，比最小的蜜蜂的触角还要细小。但是，如果你能透过皮肤表面，看到身体里面，就会发现，和它相比，更小的还有……

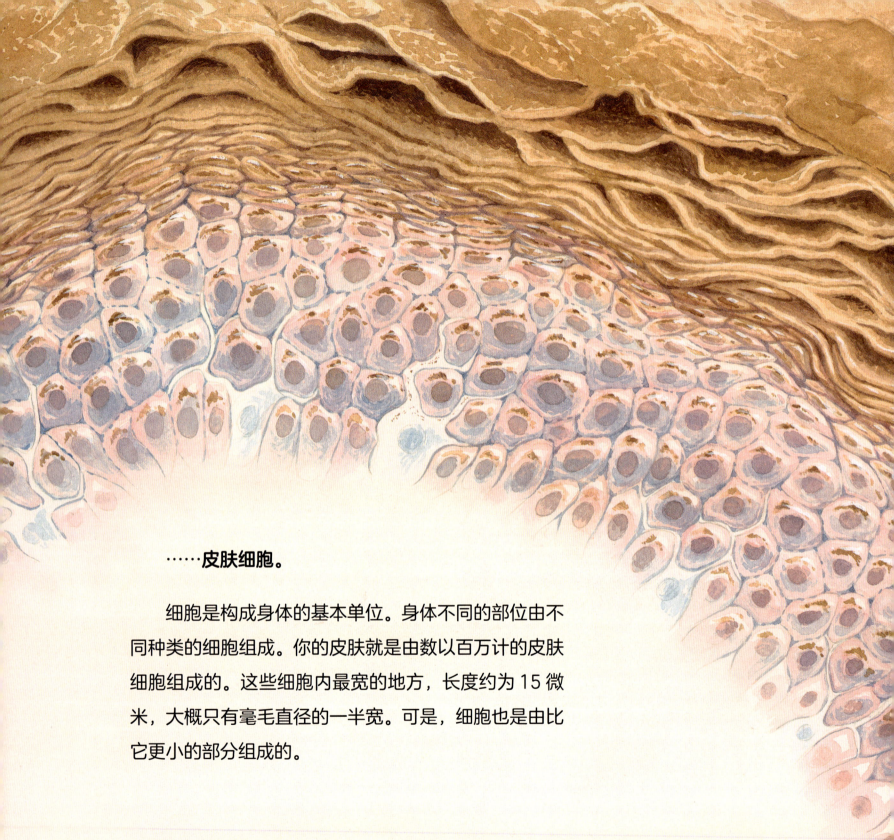

……皮肤细胞。

细胞是构成身体的基本单位。身体不同的部位由不同种类的细胞组成。你的皮肤就是由数以百万计的皮肤细胞组成的。这些细胞内最宽的地方，长度约为 15 微米，大概只有毫毛直径的一半宽。可是，细胞也是由比它更小的部分组成的。

身体里的细胞宇宙
一个成年人体内约有 30 万亿个细胞——宇宙中能观测到的星系的数量都没有这么多呢！

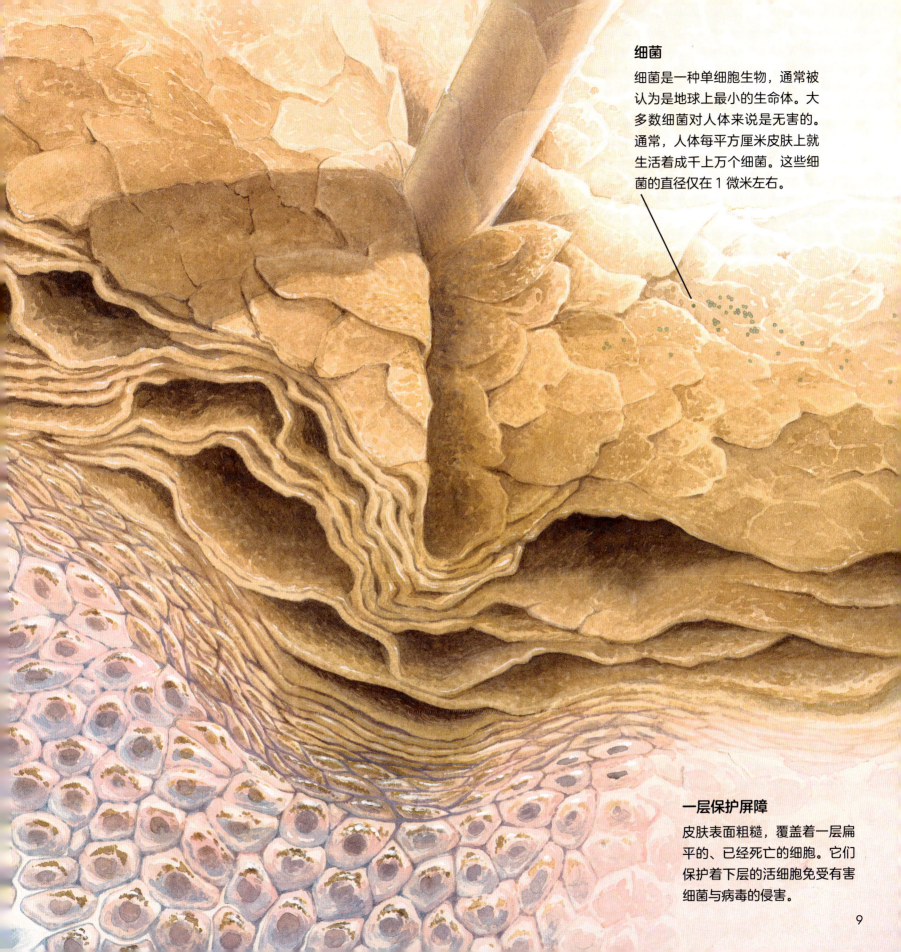

细菌

细菌是一种单细胞生物，通常被认为是地球上最小的生命体。大多数细菌对人体来说是无害的。通常，人体每平方厘米皮肤上就生活着成千上万个细菌。这些细菌的直径仅在 1 微米左右。

一层保护屏障

皮肤表面粗糙，覆盖着一层扁平的、已经死亡的细胞。它们保护着下层的活细胞免受有害细菌与病毒的侵害。

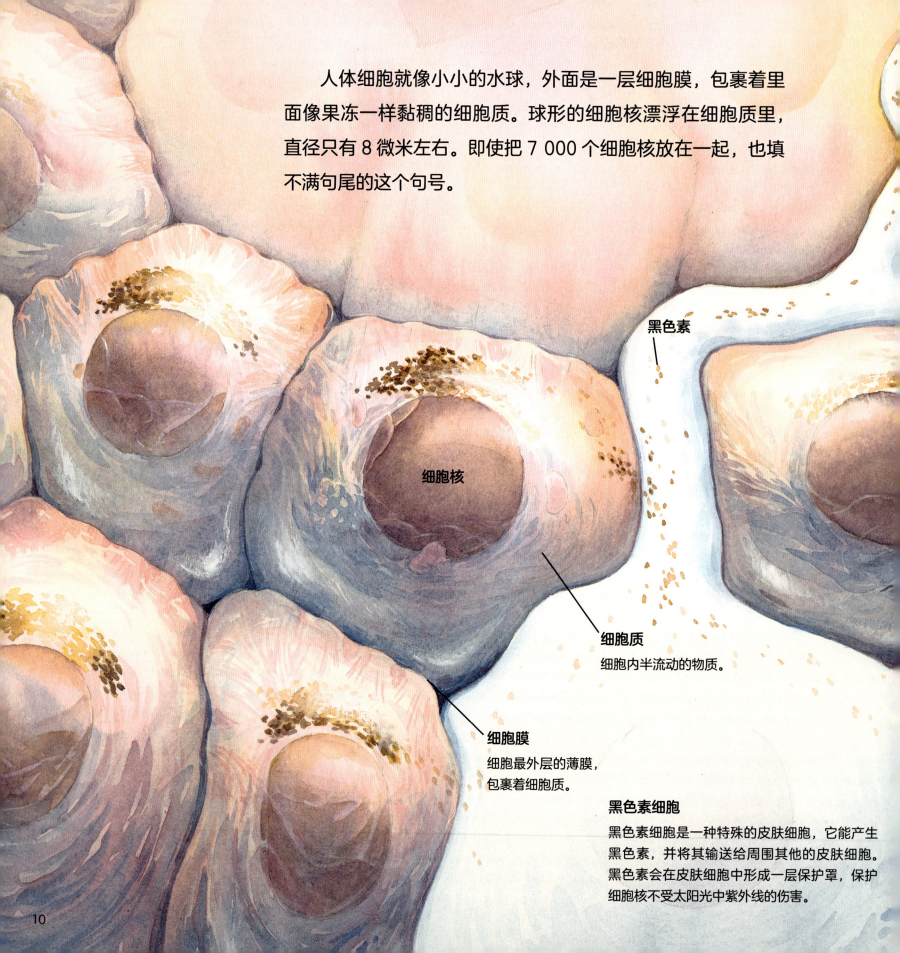

人体细胞就像小小的水球，外面是一层细胞膜，包裹着里面像果冻一样黏稠的细胞质。球形的细胞核漂浮在细胞质里，直径只有 8 微米左右。即使把 7 000 个细胞核放在一起，也填不满句尾的这个句号。

黑色素

细胞核

细胞质
细胞内半流动的物质。

细胞膜
细胞最外层的薄膜，
包裹着细胞质。

黑色素细胞
黑色素细胞是一种特殊的皮肤细胞，它能产生黑色素，并将其输送给周围其他的皮肤细胞。黑色素会在皮肤细胞中形成一层保护罩，保护细胞核不受太阳光中紫外线的伤害。

可是，和细胞核相比，更小的还有……

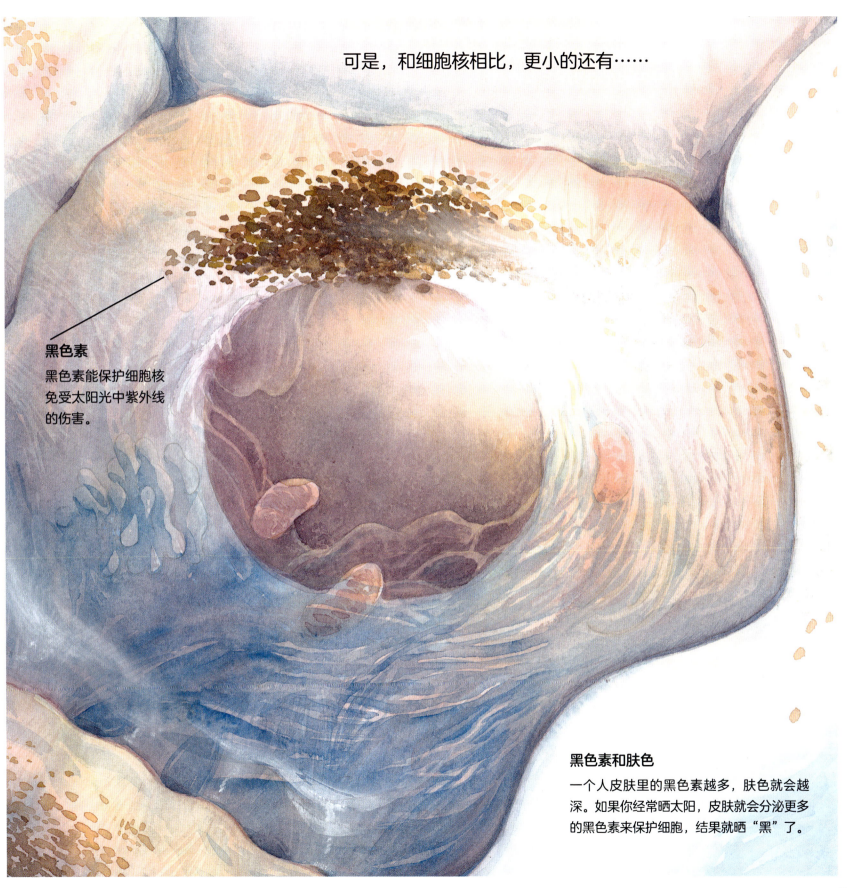

黑色素
黑色素能保护细胞核
免受太阳光中紫外线
的伤害。

黑色素和肤色
一个人皮肤里的黑色素越多，肤色就会越
深。如果你经常晒太阳，皮肤就会分泌更多
的黑色素来保护细胞，结果就晒"黑"了。

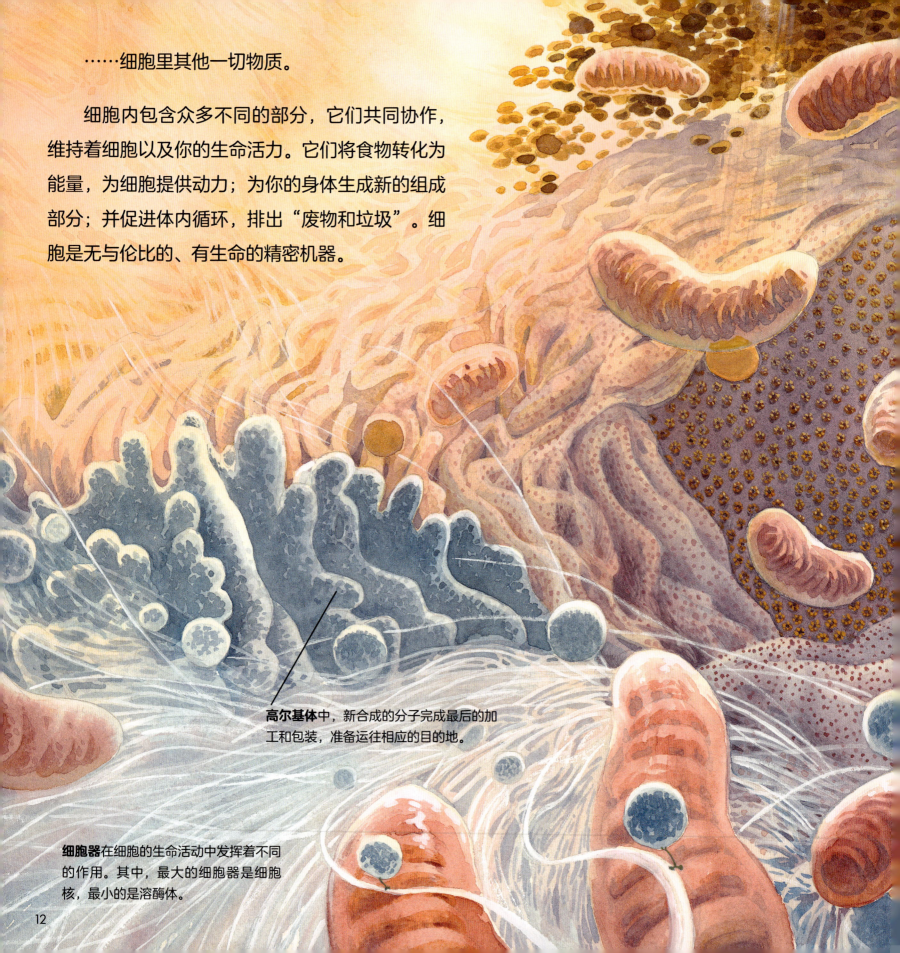

……细胞里其他一切物质。

细胞内包含众多不同的部分，它们共同协作，维持着细胞以及你的生命活力。它们将食物转化为能量，为细胞提供动力；为你的身体生成新的组成部分；并促进体内循环，排出"废物和垃圾"。细胞是无与伦比的、有生命的精密机器。

高尔基体中，新合成的分子完成最后的加工和包装，准备运往相应的目的地。

细胞器在细胞的生命活动中发挥着不同的作用。其中，最大的细胞器是细胞核，最小的是溶酶体。

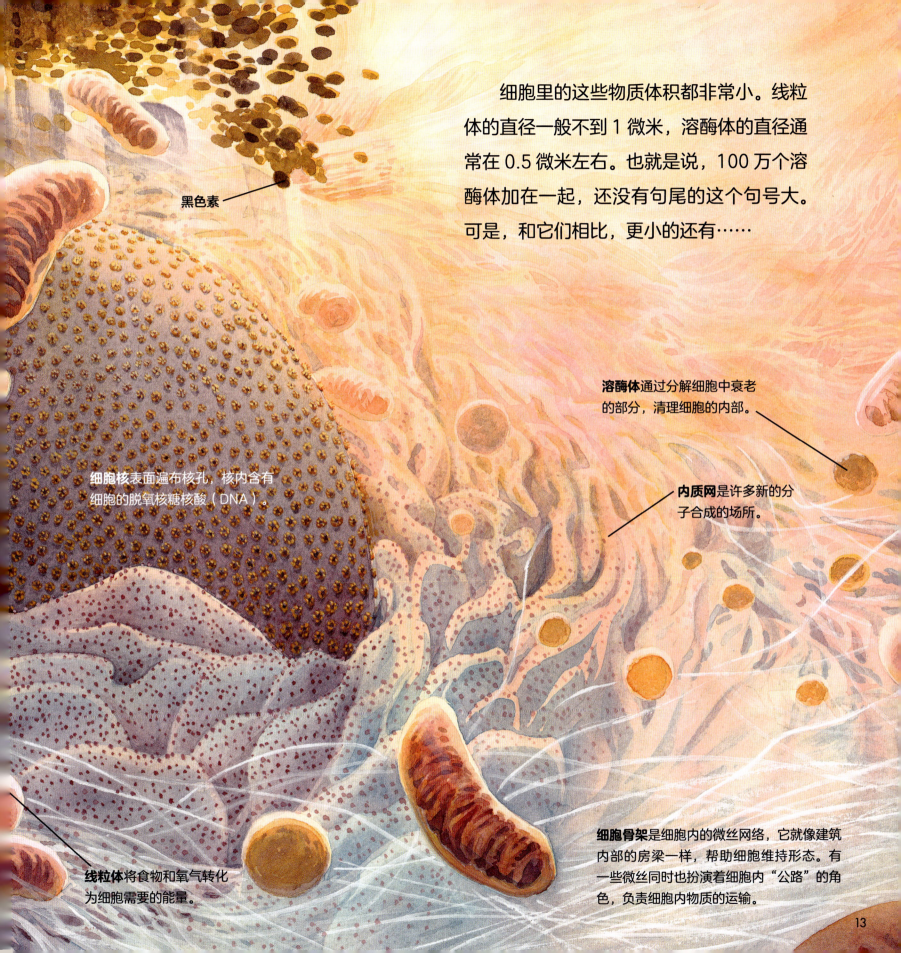

细胞里的这些物质体积都非常小。线粒体的直径一般不到 1 微米，溶酶体的直径通常在 0.5 微米左右。也就是说，100 万个溶酶体加在一起，还没有句尾的这个句号大。可是，和它们相比，更小的还有……

黑色素

溶酶体通过分解细胞中衰老的部分，清理细胞的内部。

细胞核表面遍布核孔，核内含有细胞的脱氧核糖核酸（DNA）。

内质网是许多新的分子合成的场所。

线粒体将食物和氧气转化为细胞需要的能量。

细胞骨架是细胞内的微丝网络，它就像建筑内部的房梁一样，帮助细胞维持形态。有一些微丝同时也扮演着细胞内"公路"的角色，负责细胞内物质的运输。

13

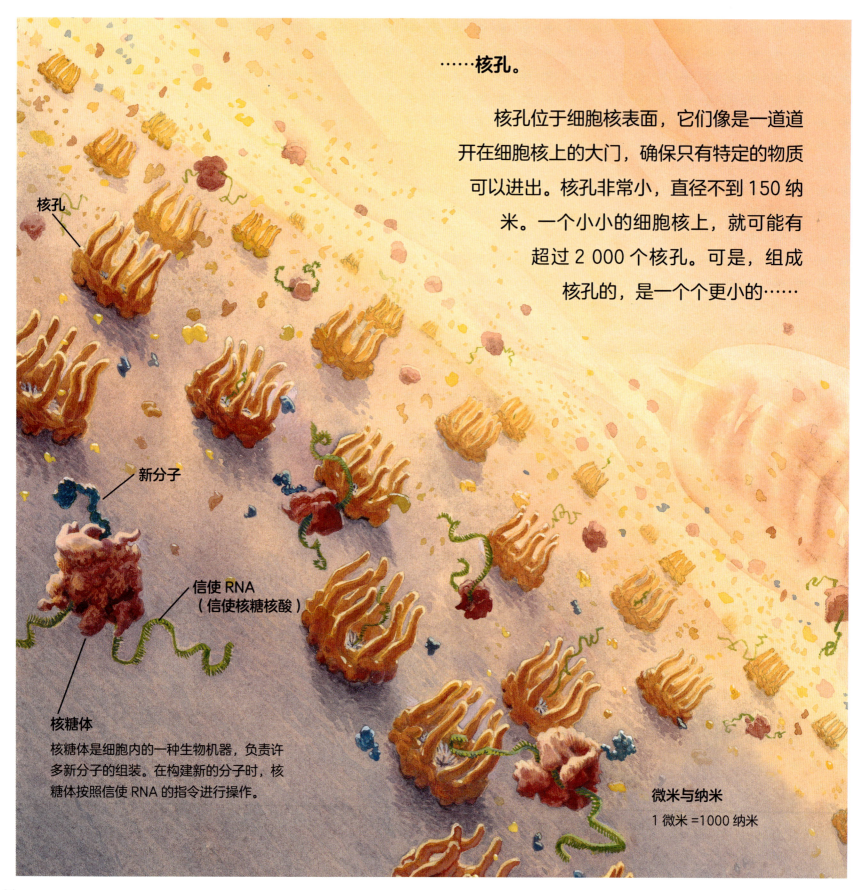

……**核孔**。

核孔位于细胞核表面，它们像是一道道
开在细胞核上的大门，确保只有特定的物质
可以进出。核孔非常小，直径不到 150 纳
米。一个小小的细胞核上，就可能有
超过 2 000 个核孔。可是，组成
核孔的，是一个个更小的……

核孔

新分子

信使 RNA
（信使核糖核酸）

核糖体
核糖体是细胞内的一种生物机器，负责许
多新分子的组装。在构建新的分子时，核
糖体按照信使 RNA 的指令进行操作。

微米与纳米
1 微米 =1000 纳米

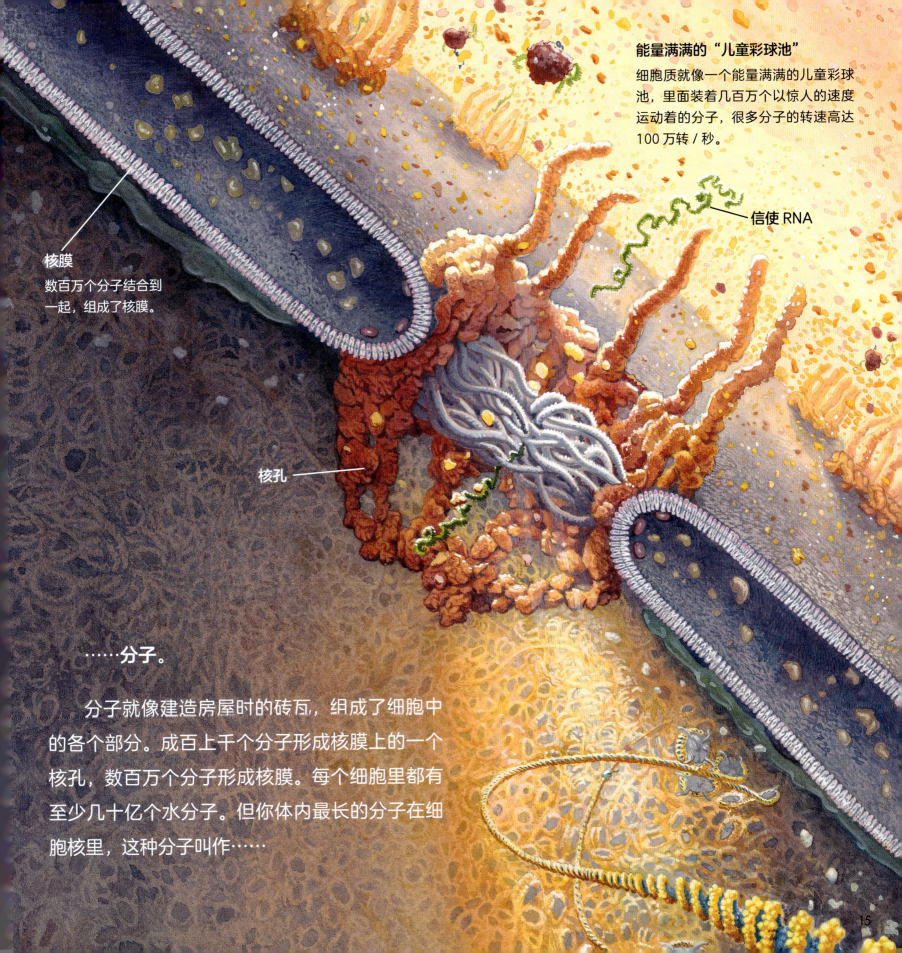

能量满满的"儿童彩球池"

细胞质就像一个能量满满的儿童彩球池，里面装着几百万个以惊人的速度运动着的分子，很多分子的转速高达100万转／秒。

信使 RNA

核膜

数百万个分子结合到一起，组成了核膜。

核孔

……分子。

　　分子就像建造房屋时的砖瓦，组成了细胞中的各个部分。成百上千个分子形成核膜上的一个核孔，数百万个分子形成核膜。每个细胞里都有至少几十亿个水分子。但你体内最长的分子在细胞核里，这种分子叫作……

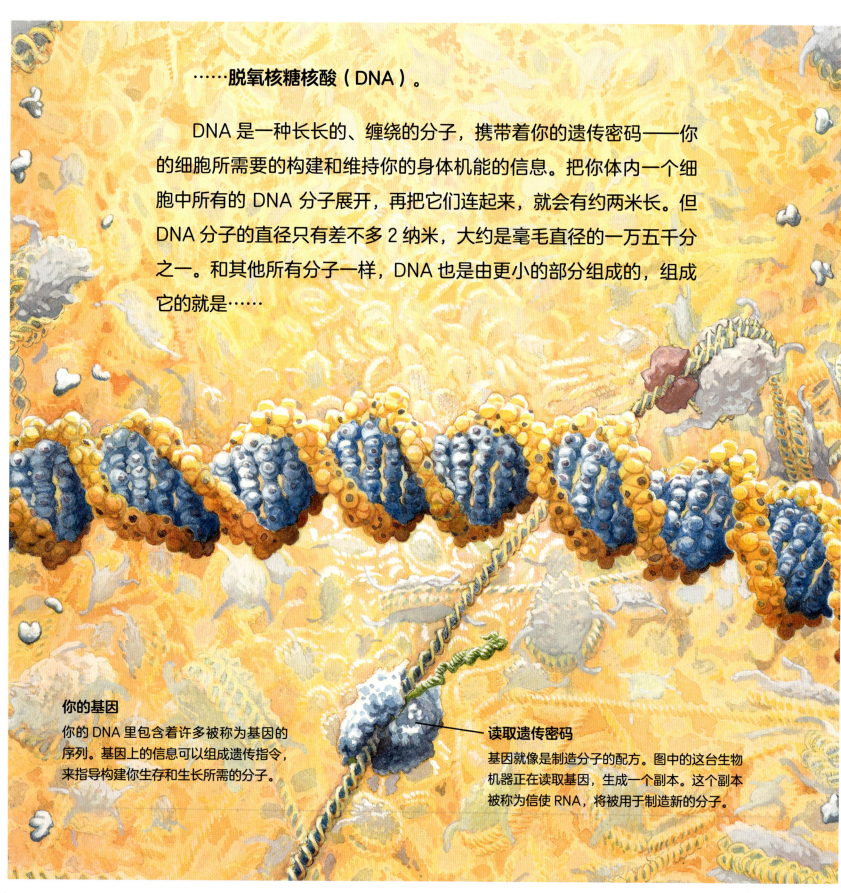

……脱氧核糖核酸（DNA）。

DNA 是一种长长的、缠绕的分子，携带着你的遗传密码——你的细胞所需要的构建和维持你的身体机能的信息。把你体内一个细胞中所有的 DNA 分子展开，再把它们连起来，就会有约两米长。但 DNA 分子的直径只有差不多 2 纳米，大约是毫毛直径的一万五千分之一。和其他所有分子一样，DNA 也是由更小的部分组成的，组成它的就是……

你的基因

你的 DNA 里包含着许多被称为基因的序列。基因上的信息可以组成遗传指令，来指导构建你生存和生长所需的分子。

读取遗传密码

基因就像是制造分子的配方。图中的这台生物机器正在读取基因，生成一个副本。这个副本被称为信使 RNA，将被用于制造新的分子。

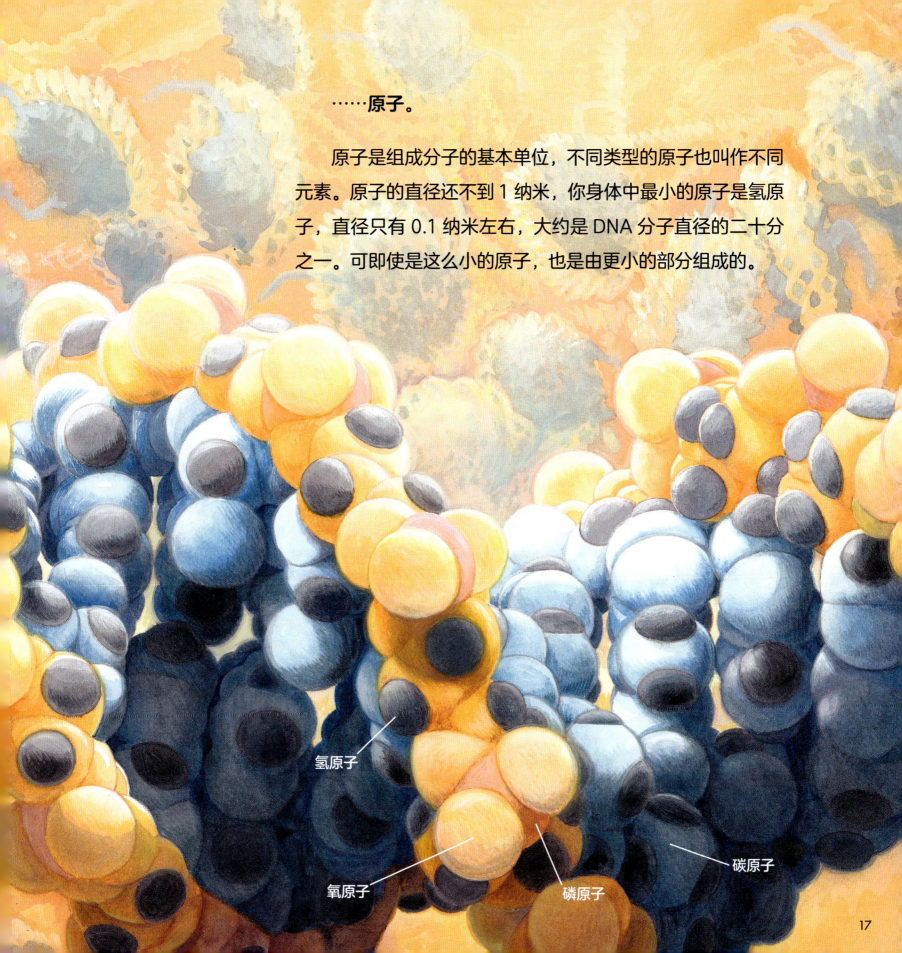

……原子。

原子是组成分子的基本单位，不同类型的原子也叫作不同元素。原子的直径还不到 1 纳米，你身体中最小的原子是氢原子，直径只有 0.1 纳米左右，大约是 DNA 分子直径的二十分之一。可即使是这么小的原子，也是由更小的部分组成的。

氢原子

氧原子

磷原子

碳原子

组成每一个原子的，是被电子云包围的单个原子核。电子云是用来描述一种叫作"电子"的粒子会出现的区域。原子核就在这片"云"的中心，但它太小了，在现在这个比例下是看不到的。在氢原子中，原子核的半径仅是氢原子半径的数万分之一。而组成原子核的，则是更小的……

原子核
原子核位于原子的中心，但是它实在太小了，这张图里根本看不见。

电子云
电子云是对核外电子空间分布的形象描绘。电子比质子还要小，它是一种非常奇怪的粒子，能同时出现在很多个地方。因此，哪怕只有一个电子，也能形成一整片电子云。

……质子。

下图的这个白点比质子的实际尺寸大了 1 万亿倍。如果把质子放大到这么大，那么它所处的原子差不多要有一个足球场那么大了！质子的直径约为 0.0000017 纳米，是科学家们测量过的最小的物体之一。可是，和它相比，更小的还有……

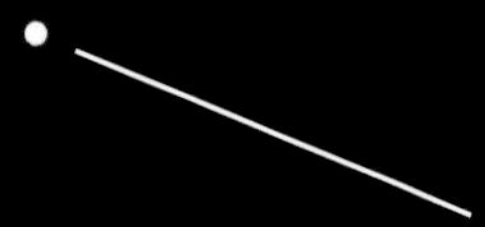

质子

如果质子有这么大，那么原子的直径就将超过 100 米。

质子和中子

氢元素的原子核里只有一个质子，但其他元素的原子核里都有一个以上的质子。而且那些元素的原子核里还有中子，那是一种与质子类似的粒子。

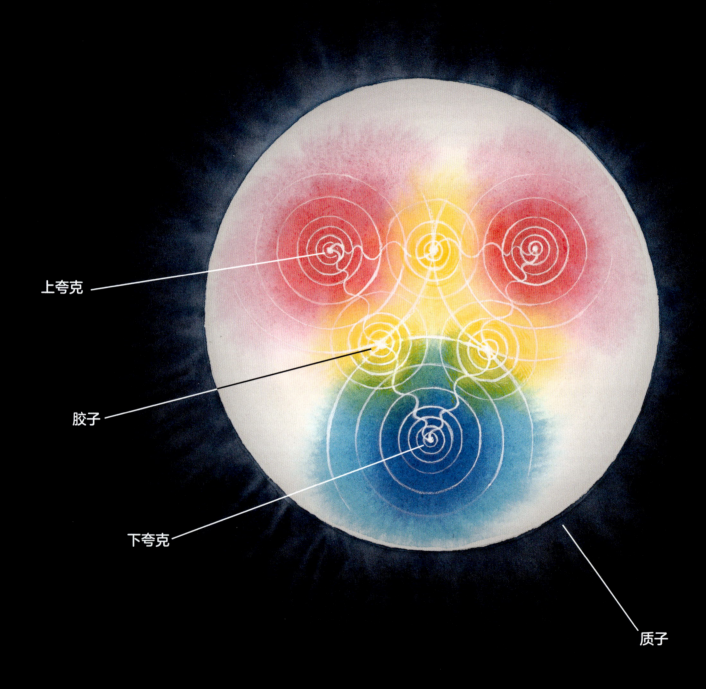

上夸克

胶子

下夸克

质子

原子都是由基本粒子组成的

原子中的质子是由三个夸克（两个上夸克和一
个下夸克）组成，它们通过胶子结合在一起。
此外，电子云中的电子也是基本粒子。

……**基本粒子。**

　　质子是由被称为夸克和胶子的基本粒子组成的。这些粒子都太小了，目前还没有人能测量出它们的大小，它们也从未被分割成更小的部分。基本粒子是目前科学界认知范围内最小的物质，但正是这么微小的粒子，组成了……

奇怪的基本粒子

基本粒子与我们熟悉的任何物体都不一样，某些基本粒子可以穿过看似无法通过的障碍物，可以瞬间出现和消失，还可以表现得同时存在于许多地方。它们非常小，甚至可能根本无法测量！还没有人能够完全搞懂这些奇怪的粒子，因此，科学家们仍在努力地研究它们。

……**整个宇宙**。

基本粒子是组成所有物质的基本单位。它们组成了原子，
原子又组成了行星、恒星乃至星系中的所有分子。

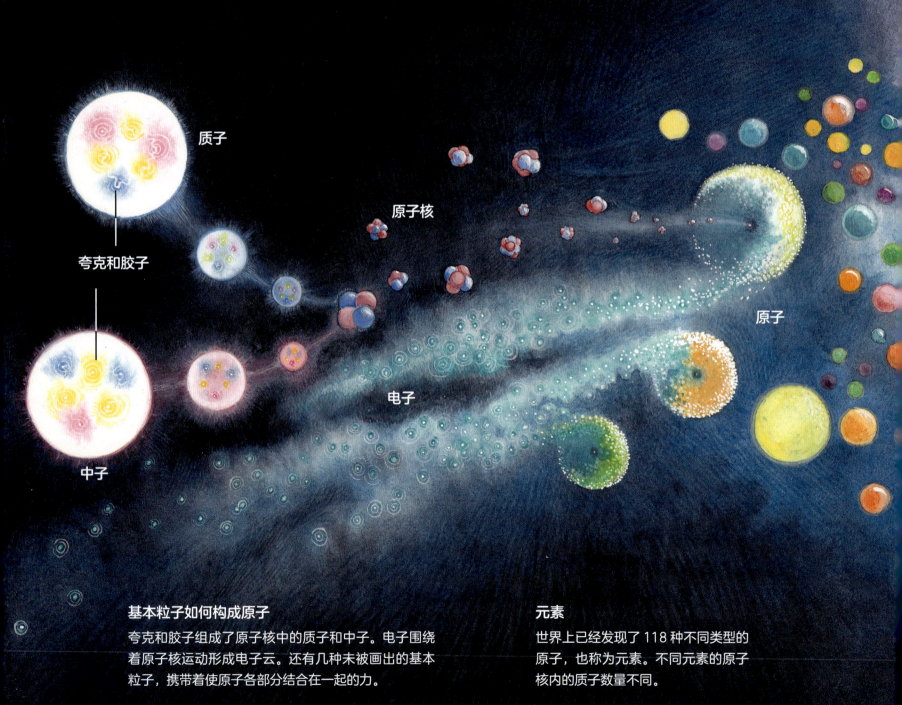

质子

原子核

夸克和胶子

原子

中子

电子

基本粒子如何构成原子
夸克和胶子组成了原子核中的质子和中子。电子围绕
着原子核运动形成电子云。还有几种未被画出的基本
粒子，携带着使原子各部分结合在一起的力。

元素
世界上已经发现了 118 种不同类型的
原子，也称为元素。不同元素的原子
核内的质子数量不同。

有了原子和分子，才有了我们所生活的地球，以及地球上所有的一切，从我们呼吸的空气、我们饮用的清水、我们脚下的土地，到……

分子

原子结合在一起，就成了分子。如果组成分子的原子来自不同元素，这种分子就被称为化合物。

……生命本身。

分子结合在一起，组成细胞，细胞又组成了各种各样的生命体。

分子组成细胞
一个细胞由数以百万计的分子组成。
水分子是最常见的，人体细胞约有
70% 由水分子组成。

所有生物，不管是最高的树木、最长的鲸……

细胞和生命
我们总是说，所有生命都是由细胞组成的。
不过，有许多科学家认为，病毒也是生命，
尽管它们不是由细胞组成的。

……还是最小的蜂鸟、蝴蝶或者蜂，
都是由细胞组成的——你也同样如此。

你和宇宙万物由相同的物质组成：组成你身体的粒子，也组成了日月星辰；在你身体里的元素，也蕴含于空气和海洋之中；你细胞内的分子，同样能在蜂、蝴蝶、蜂鸟的身体里一一找到。

但是，你和它们迥然不同。

身体中的元素

氢、氮、氧和碳是你身体中最常见的四种元素。太阳主要由氢组成。空气主要由氮和氧组成。碳则是组成地球上每个细胞的最基本元素。

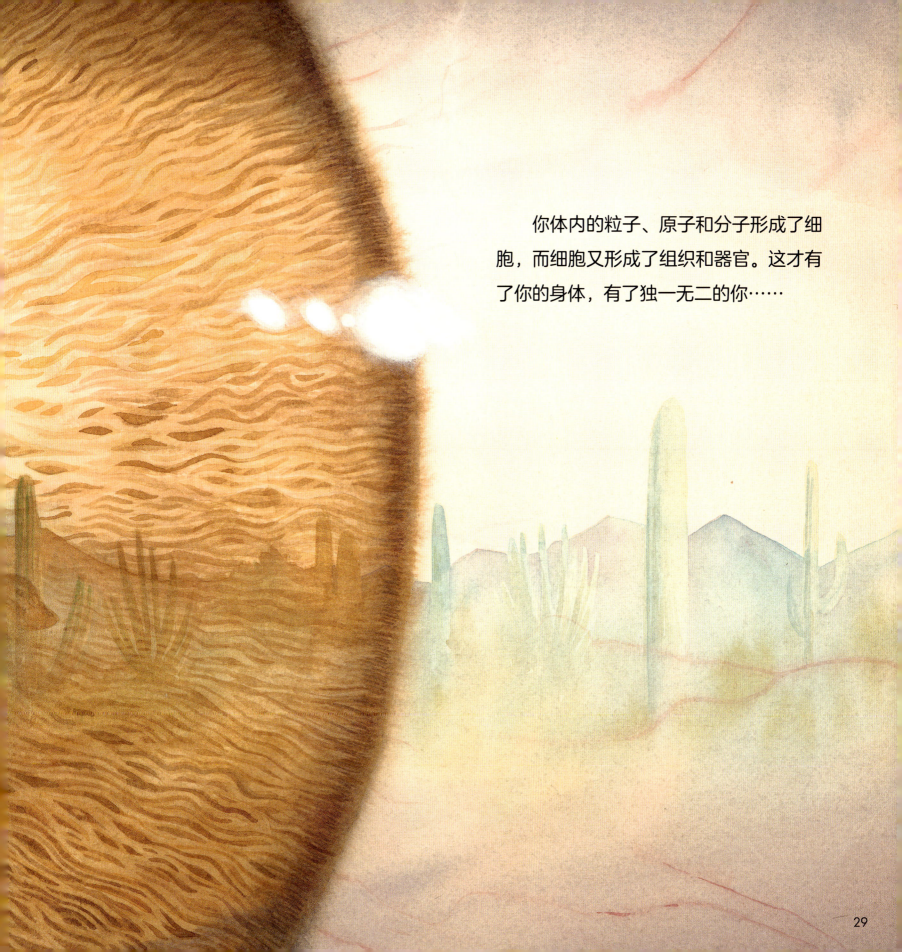

你体内的粒子、原子和分子形成了细胞，而细胞又形成了组织和器官。这才有了你的身体，有了独一无二的你……

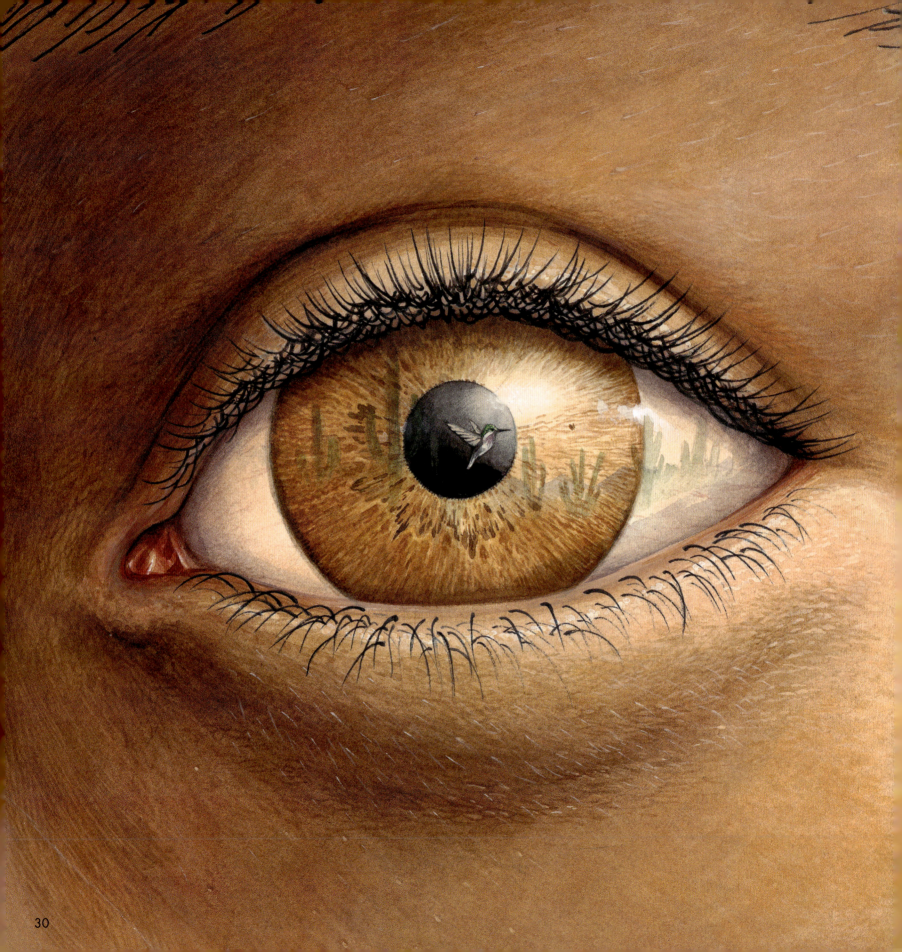

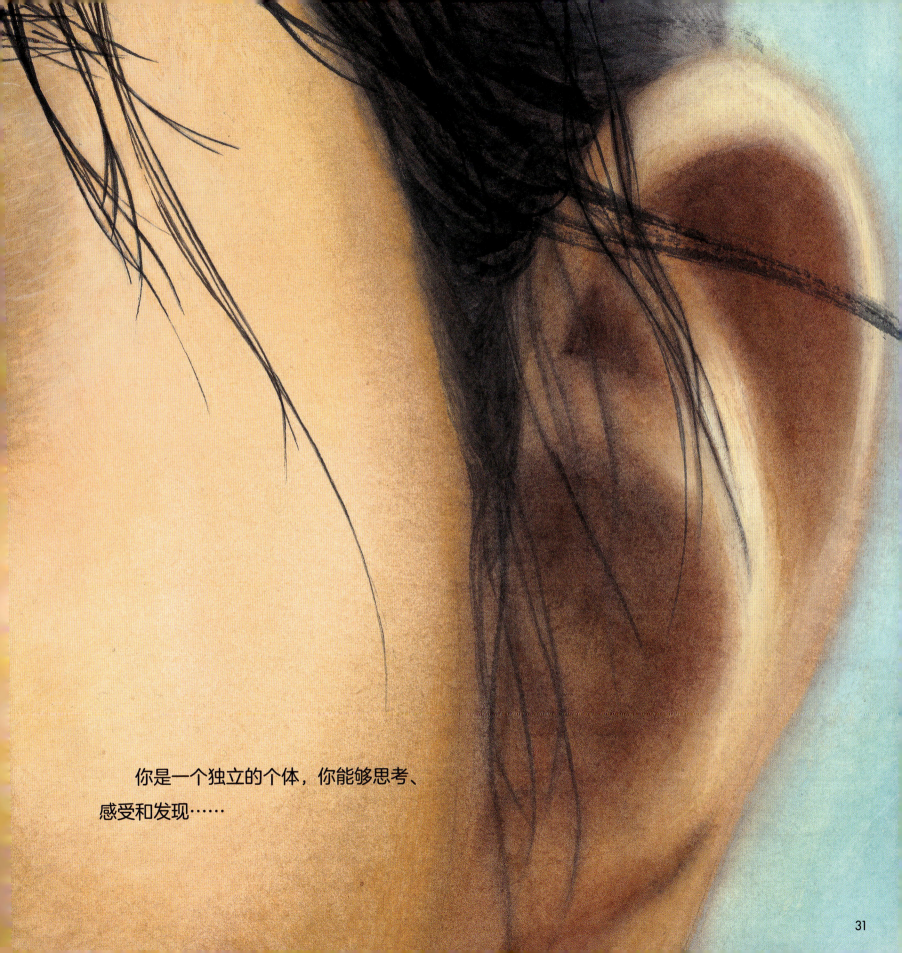

你是一个独立的个体，你能够思考、
感受和发现……

……发现你内在的宇宙。

物质的基本组成部分

任何占据空间、具有质量的东西都是物质。你身边的一切，这本书、你的身体甚至你呼吸的空气都是由物质组成的。基本粒子是构成物质的基本单位。它们构成了原子，原子又组成了分子，分子聚集到一起，组成了我们肉眼能看到的物体。

原子

每个原子都有一个由电子云环绕的原子核。原子核是由质子和中子组成的。电子云由一个或多个电子形成，电子是基本粒子，非常的小。事实上，"云"里大部分的空间都是空的，因此原子内部大部分空间也都是空的。但电子表现得好像它可以同时出现在许多地方，所以哪怕是一个电子，也能形成一整片电子云。这只是基本粒子奇异行为的一个例子。

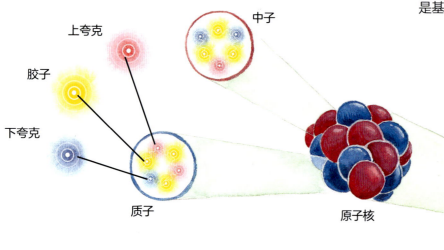

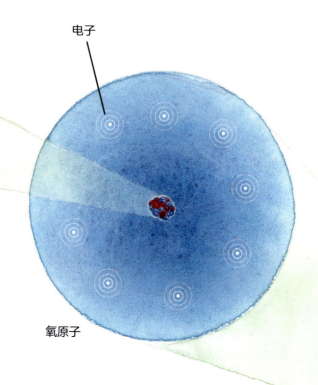

基本粒子

人们已经发现的基本粒子一共有 17 种。它们是科学界已知的最小的物质，也是物质的基本组成部分。基本粒子组成了原子，还提供了让原子内部紧密结合在一起的力。也是因为它们，才有了光、电和磁等现象。这些粒子的行为和我们熟悉的其他物质都不一样，它们的行为非常难以理解。关于它们，我们需要研究的还有很多很多。

原子核

原子核由质子和中子组成，它们是两种非常小的粒子。如果把一个质子放大到和蓝莓一样大，那么它所处的原子就会变得比美国的帝国大厦（高 443.2 米）还要高！尽管原子核非常小，它的质量却占了原子质量的 99.9%。不同元素的原子核内质子数不同。氢原子核里只有 1 个质子，氧原子核里有 8 个质子，金原子核里则有 79 个质子。

17种已知的基本粒子

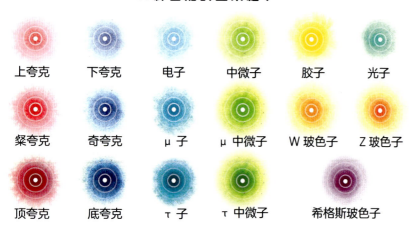

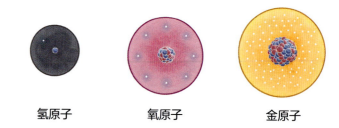

1 H

氢

元素周期表

1 H 氢																	2 He 氦
3 Li 锂	4 Be 铍											5 B 硼	6 C 碳	7 N 氮	8 O 氧	9 F 氟	10 Ne 氖
11 Na 钠	12 Mg 镁											13 Ai 铝	14 Si 硅	15 P 磷	16 S 硫	17 Cl 氯	18 Ar 氩
19 K 钾	20 Ca 钙	21 Sc 钪	22 Ti 钛	23 V 钒	24 Cr 铬	25 Mn 锰	26 Fe 铁	27 Co 钴	28 Ni 镍	29 Cu 铜	30 Zn 锌	31 Ga 镓	32 Ge 锗	33 As 砷	34 Se 硒	35 Br 溴	36 Kr 氪
37 Rb 铷	38 Sr 锶	39 Y 钇	40 Zr 锆	41 Nb 铌	42 Mo 钼	43 Tc 锝	44 Ru 钌	45 Rh 铑	46 Pd 钯	47 Ag 银	48 Cd 镉	49 In 铟	50 Sn 锡	51 Sb 锑	52 Te 碲	53 I 碘	54 Xe 氙
55 Cs 铯	56 Ba 钡	57-71 *	72 Hf 铪	73 Ta 钽	74 W 钨	75 Re 铼	76 Os 锇	77 Ir 铱	78 Pt 铂	79 Au 金	80 Hg 汞	81 Ti 铊	82 Pb 铅	83 Bi 铋	84 Po 钋	85 At 砹	86 Rn 氡
87 Fr 钫	88 Ra 镭	89-103 **	104 Rf 𬬻	105 Db 𬭊	106 Sg 𬭳	107 Bh 𬭛	108 Hs 𬭶	109 Mt 鿏	110 Ds 𫟼	111 Rg 𬬭	112 Cn 鿔	113 Nh 鿭	114 Fl 𫓧	115 Mc 镆	116 Lv 𫟷	117 Ts 鿬	118 Og 鿫

*	57 La 镧	58 Ce 铈	59 Pr 镨	60 Nd 钕	61 Pm 钷	62 Sm 钐	63 Eu 铕	64 Gd 钆	65 Tb 铽	66 Dy 镝	67 Ho 钬	68 Er 铒	69 Tm 铥	70 Yb 镱	71 Lu 镥
**	89 Ac 锕	90 Th 钍	91 Pa 镤	92 U 铀	93 Np 镎	94 Pu 钚	95 Am 镅	96 Cm 锔	97 Bk 锫	98 Cf 锎	99 Es 锿	100 Fm 镄	101 Md 钔	102 No 锘	103 Lr 铹

元素周期表根据元素原子核中的质子数的多少，按照从小到大的顺序排列化学元素。其中，前 92 种是天然元素，剩下的元素要么是实验室里合成的，要么就是在自然界中含量极其稀少的。

元素

到目前为止，人们共发现了 118 种元素。每种元素的核内质子数不同，性质也各不相同。例如氢是无色无味的气体，金则是一种有光泽的金属。原子是元素组成的最基本单位。由几十亿个金原子组成的戒指是金元素，但单个金原子也是金元素。目前已知的所有元素都被排列进一张表格里，这张表被称为元素周期表。

诞生于恒星之中

宇宙最初只有几种元素：氢元素和少量的氦元素、锂元素。其他元素都是后来从恒星内产生的。恒星内部的温度很高，原子核因此分裂，又再融合，形成新的元素。也就是说，除了氢、氦和锂这三种元素外，你身体中的其他原子都是在恒星内诞生的！

分子

分子是由原子组成的，原子有几乎无限种组合方式，组合出各式各样的分子。由不同元素的原子组合成的分子叫作"化合物"。化合物和组成它的元素有很大的区别。举个例子，氢元素组成的氢气和氧元素组成的氧气都是气体，但是这两种元素结合在一起，就能得到水。像水这样的小分子只由几个原子组成，但有的分子里面包含着几百万个原子，我们把这种分子称作大分子。

一个水分子由一个氧原子和两个氢原子组成。单个水分子非常小，想装一杯水，就需要大约 7 900 000 000 000 000 000 000 000 个水分子！

水分子

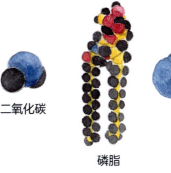

二氧化碳

磷脂

臭氧

维生素 C

生命的基本单位

细胞是组成生物体的基本单位。你的身体中，有 200 多种不同种类的细胞，这些细胞组成了不同的组织，比如肌肉、脂肪和骨骼。不同组织又组成了器官，比如心脏。而不同器官又组成了人体不同的系统，比如神经系统。所有系统协调配合，组成了你的身体。

细胞

人体内有很多种细胞，但是大多数细胞都有一致的基本结构：外层的细胞膜包裹着细胞质和细胞核。胞内的细胞器需要完成细胞生命活动中的不同任务，比如转化食物为能量，制造新分子，清除废物。

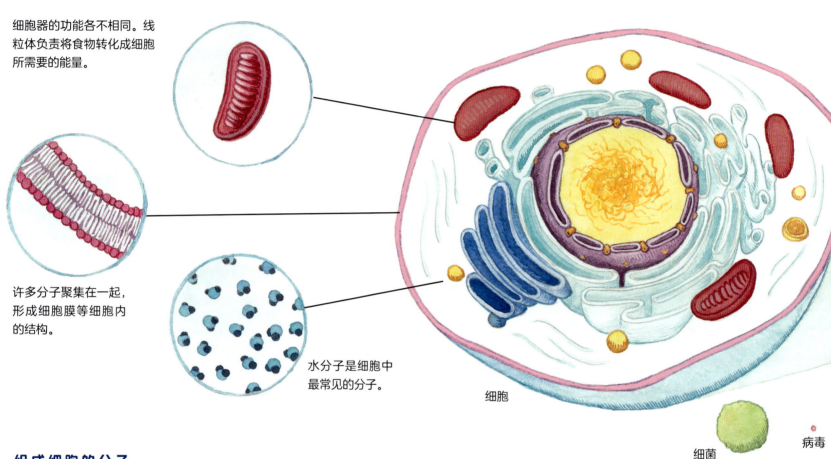

细胞器的功能各不相同。线粒体负责将食物转化成细胞所需要的能量。

许多分子聚集在一起，形成细胞膜等细胞内的结构。

水分子是细胞中最常见的分子。

细胞

细菌

病毒

组成细胞的分子

细胞是由不同的分子组成的。其中，水分子的含量最高，差不多占到了细胞的 70%。其余大多是有机分子，这类分子只存在于生命体中。细胞中不同的分子有着不同的职责。有的负责构建细胞膜这样的细胞结构，其他的分子则有另外的任务。比如驱动蛋白就是一架分子机器，它沿着细胞骨架走来走去，把各种材料运送到细胞各处。还有核糖体，这架机器由多个分子组成，可以组装新的分子。

一个"行走"在细胞骨架上的驱动蛋白

最小的生命体

单细胞的细菌和古菌是世界上最小的细胞。它们无处不在：大气层的高处、深层的地下，还有我们的全身。细菌和古菌的数量实在是太多了，要是把它们都收集到一起，比世界上所有的动物还要重！但比它们更小的是病毒，它的大小约为细菌的十分之一，而且地球上病毒的数量比细菌还要多：大概有 10×10^{30} 那么多（10 的后面要再加上 30 个零）！病毒不会自己进行代谢和复制。相反，它们将自己的遗传物质注入细胞，诱导细胞制造更多的病毒复制体。大部分的细菌和病毒对人体都是无害的。但万一我们受到感染，身体里的免疫系统也有许多工具可以将它们击退。

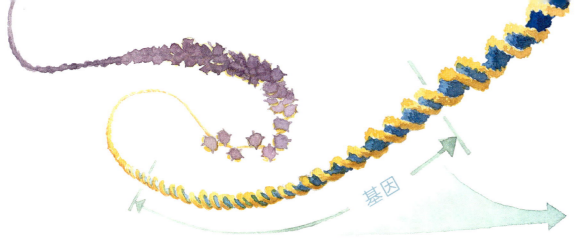
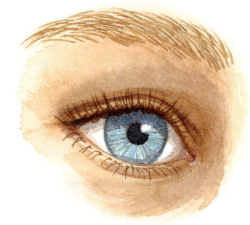

基因

DNA和基因

DNA 分子包含构建和维持人体所需的全部信息，每条 DNA 链上都带有被称为基因的片段。每个基因就像一份配方，它是一套为身体造出特定分子的指令集。每种分子在身体的运转过程中都起着特定的作用。在你的身体里，就有 2 万到 2.5 万个基因呢！

基因和外貌特征

DNA 中包含的所有信息被称为基因组。所有人的基因组几乎一样的。事实上，你的基因组有 99.9% 和地球上其他人的一模一样。正是剩下的那一点点的不同，造就了人与人之间生理特征的差异。举个例子，大家都有合成黑色素所需分子的基因编码，但这些基因间的不同会影响人们最终能产生的黑色素的多少，进而影响了他们皮肤、头发和眼睛的颜色。

我们的生理特征很大程度上是由基因决定的。但除此之外，还有其他决定因素。生活方式和环境都会影响你的身体发育。因此，你的DNA 虽然可以视作一本用来构建你身体的配方书，但它无法完全决定你将成为怎样的你。

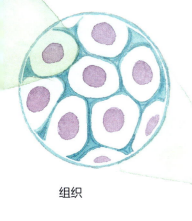

组织

器官

身体

什么是生命？

所有活着的生物，无论是大是小，都会行使特定的功能，包括消耗能量，搭建、组织和维持身体性能，繁殖，以及随着时间而进化。在地球上，只有由细胞组成的生物体才具备上述的所有功能，所以我们通常认为所有的生命都是由细胞组成的。不过也有很多科学家提出，病毒虽然缺少了上面的一些身体功能，但它也有生命。病毒有组织，它们会进化，但它们不摄取能量，也不能自己繁殖。病毒到底算不算生命，取决于如何定义"生命"。但关于这个问题，目前科学家们还没有一致认可的公论。

创作者的话

每当想到浩瀚的宇宙，想到数不清的恒星和星系，都会令我目眩神迷。而当我去关注那些微小的东西时，发现的一切更令我目不暇接。一个人身体里的细胞数量，比目前宇宙中观测到的星系还要多。在最微观的层面，科学家们还有更惊人的发现：所有的物质都是由相同的部分组成的。这也就是说，组成星星的粒子，也组成了这本书，不仅如此，它们还组成了你的手、你的眼睛和你的大脑。

这么说来，宇宙就在你之中，就像你置身于宇宙之中一样。你是由粒子和原子组成的，就像这本书一样。但是，你比一本书复杂太多。你有能力去认识你是谁，是怎样的人。你有梦想，你会想象，你还能学习。你是如此独一无二，在整个宇宙之中，只有一个这样的你。

关于插画的说明

在绘制这本书中的画时，我尽最大的努力让画面忠于事实。但仍有三个方面包含了一定的艺术加工。

第一，真实的细胞内部十分拥挤。在书中，我省略了细胞内的许多分子和结构，这样你们一眼就能看到文本中讲述的部分。

第二，显微镜下的微观世界并不是这么色彩斑斓。我在画中加上了不同的颜色，是为了更容易看清楚不同的部分。

最后，图中的基本粒子全都是基于想象画的。因为基本粒子到底是什么样子，还没有人能够知道。每一张涉及它们的图画都无法保证准确。我所绘制的基本粒子并不是它们真实的样子，只是为了在这本书里进行指代。

致谢

在此，衷心感谢下述专家学者在这本书的研究和事实核查方面提供的帮助。没有他们，我无法完成这本书。

达特茅斯学院物理系，比利·布拉施博士；

佛蒙特大学微生物和分子遗传学系、化学系，安德烈亚·李博士；

佛蒙特大学物理系，胡安·瓦内加斯博士；

佛蒙特大学医学院显微成像中心实验室高级研究技术员，米歇尔·冯·图尔科维奇；

佛蒙特大学分子生理和生物物理系主任，大卫·沃肖博士；

佛蒙特大学皮肤病学副教授，克里斯蒂娜·温伯格医学博士。

特别感谢凯莉·布拉什基金董事长，凯莉·布拉什·戴维森。这个基金旨在帮助脊柱受损的人重新燃起希望，积极生活。

参考文献

Alberts, Bruce, Dennis Bray, Julian Lewis, Martin Raff, Keith Roberts, and James D. Watson. Molecular Biology of the Cell. 3rd ed. New York: Garland Science, 1994.

CERN, "The Standard Model: The Standard Model explains how the basic building blocks of matter interact, governed by four fundamental forces." https://home.cern/science/physics/standard-model. Accessed June 28, 2021.

Fayer, Michael D. Absolutely Small: How Quantum Theory Explains Our Everyday World. New York: AMACOM, 2010.

Goodsell, David S. The Machinery of Life. 2nd Ed. New York: Springer, 2009.

Gray, Theodore. The Elements: A Visual Exploration of Every Known Atom in the Universe. New York: Black Dog & Leventhal, 2009.

Gray, Theodore. Molecules: The Elements and the Architecture of Everything. New York: Black Dog & Leventhal, 2014.

Marieb, Elaine N. Human Anatomy and Physiology. 5th ed. New York: Benjamin Cummings, 2001.

Milo, Ron, Paul Jorgensen, Uri Moran, Griffin Weber, and Michael Springer. "BioNumbers—the database of key numbers in molecular and cell biology." Nucleic Acids Research 38, Database issue (2010): D750-3. doi:10.1093/nar/gkp889.

Ryan, Morgan, Gaël McGill, and Edward O. Wilson. E.O. Wilson's Life on Earth. E.O. Wilson Biodiversity Foundation, 2014. Apple iBook.

National Human Genome Research Institute. "Introduction to Genomics: What's a Genome?" https://www.genome.gov/About-Genomics/Introduction-to-Genomics. Accessed October 25, 2021.